Ann Tompe

Un tout petit cou

Illustrations de Lynn Munsinger

Kaléidoscope
lutin poche de l'école des loisirs
11, rue de Sèvres, Paris 6ᵉ

Pour Julie – A.T.
Pour Wulf – L. M.

Éléphant et Souris jouent au toboggan et à la balançoire
dans le square.
« Et si on essayait l'autre balançoire ? » propose Éléphant.

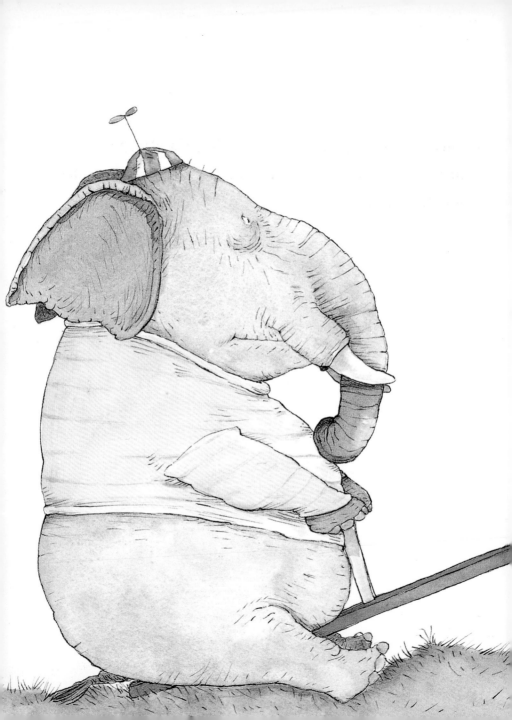

Éléphant s'assied sur l'extrémité baissée de la planche.
Souris grimpe jusqu'à l'extrême bord opposé. Mais la planche
refuse de basculer.

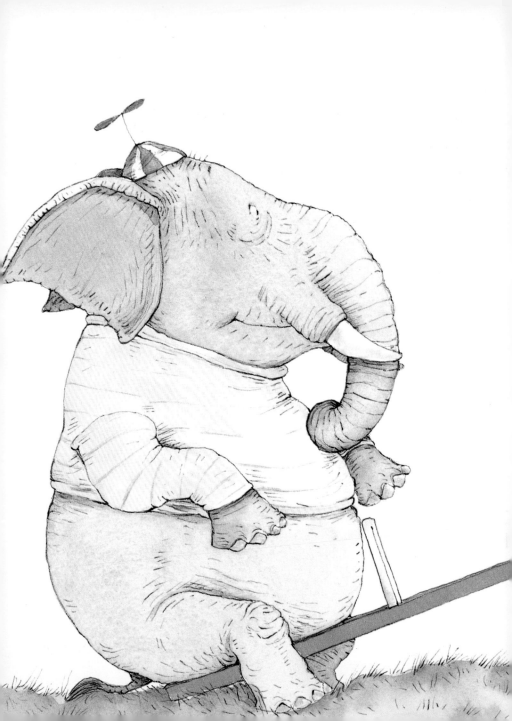

«Appuie de toutes tes forces!» l'encourage Éléphant.

«De toutes tes forces!»

Souris s'arc-boute sur la planche et appuie de toutes ses forces.

Mais… la planche ne bascule pas.

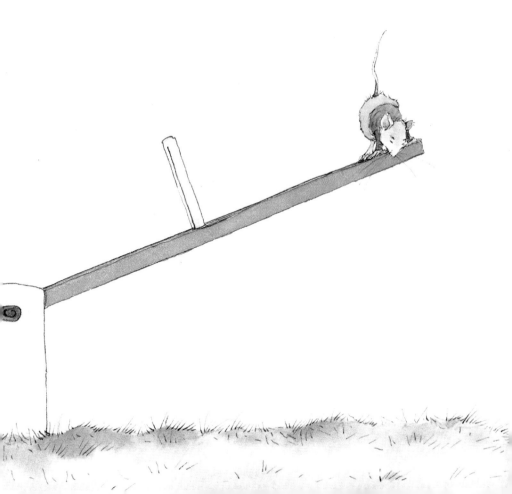

C'est alors que passe Girafe.
« Permettez-moi de vous aider », dit-elle.

Girafe va s'asseoir auprès de Souris. Mais… la planche
ne bascule pas. Le bout qu'occupe Éléphant est comme cloué
au sol, tandis que celui de Souris reste désespérément en l'air.

«Vous avez juste besoin d'un tout petit
coup de main», dit Zèbre
en trottinant vers Souris et Girafe.
Mais… la planche ne bascule pas.

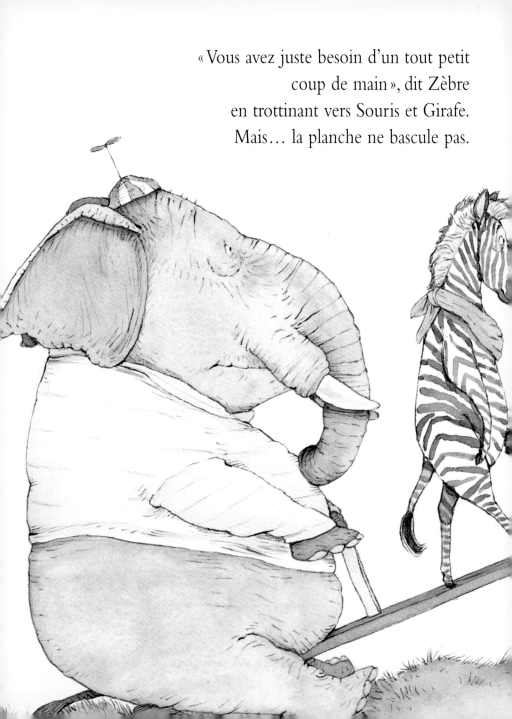

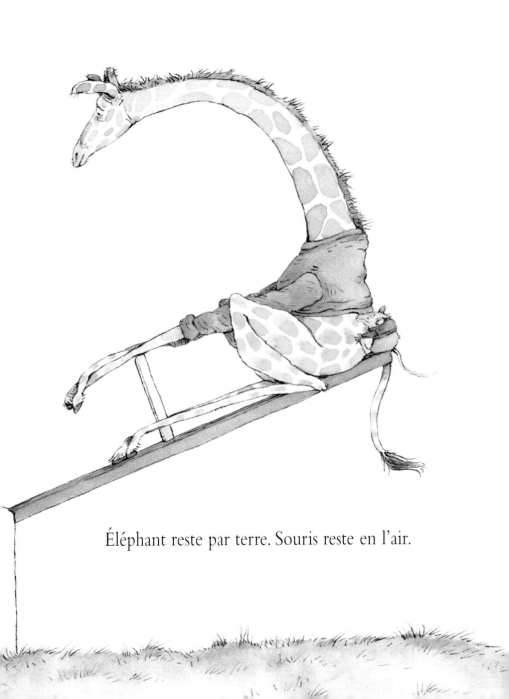

Éléphant reste par terre. Souris reste en l'air.

«Vous avez juste besoin d'un tout petit coup de main»,
dit Lion en s'élançant d'un bond sur la balançoire.
Mais… la planche ne bascule pas.

«Tous ensemble maintenant», supplie Éléphant.
«Vous appuyez de toutes vos forces!»

Souris, Girafe, Zèbre et Lion appuient de toutes leurs forces.
Mais… la planche ne bascule pas.

L'étrange spectacle a attiré une foule de badauds.
«J'ai juste besoin d'un tout petit coup de main»,
leur dit Éléphant.

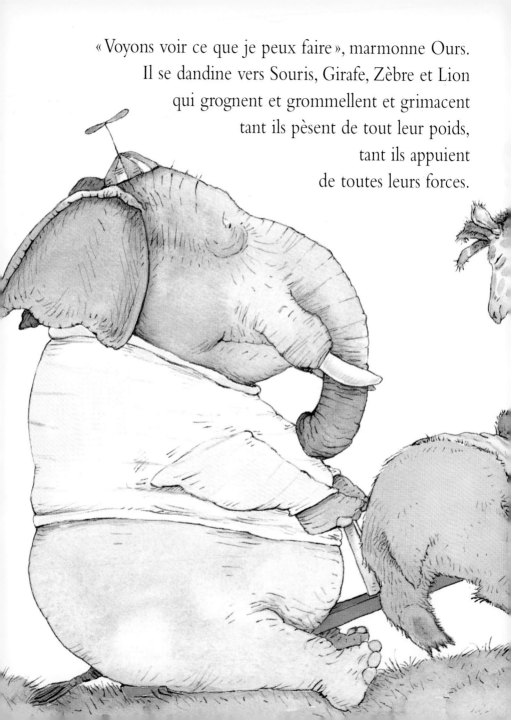

«Voyons voir ce que je peux faire», marmonne Ours.
Il se dandine vers Souris, Girafe, Zèbre et Lion
qui grognent et grommellent et grimacent
tant ils pèsent de tout leur poids,
tant ils appuient
de toutes leurs forces.

Mais… la planche ne bascule pas.

«Oh! Non!» se lamente la foule.

«Qui me donnera un coup de main supplémentaire?» demande Éléphant à la foule.

«Je me porte volontaire», crie Crocodile.

«Moi aussi», dit Mangouste.

«Je serai des vôtres», hurle Singe du haut de son bananier, et il saute sur le dos d'Autruche.

Crocodile, Mangouste, Singe et Autruche grimpent
l'un après l'autre le long de la planche.
Mais… la planche ne bascule pas.
«Oh! Non!» se lamente de nouveau la foule.

«Il ne décollera jamais du sol», murmure un badaud.

«Appuyez de toutes vos forces!» supplie Éléphant.

Souris, Girafe, Zèbre, Lion, Ours,
Crocodile, Mangouste,
Singe et Autruche grognent et grommellent
et grimacent en même temps qu'ils pèsent
de tout leur poids et qu'ils appuient
de toutes leurs forces.
Mais… la planche ne bascule pas.

« Ils n'y arriveront jamais », lance un badaud.
« Inutile de rester là ! »
La foule commence à se disperser
quand un petit coléoptère descend du ciel.
Il plane quelques instants au-dessus de la balançoire,
puis il se dirige vers Souris et se pose
sur son museau.

Éléphant s'élève dans les airs tandis que Souris
et ses amis touchent terre.
« Un petit coup de main n'est jamais vain.
Merci les amis ! »
trompette Éléphant du haut de la balançoire.

«Hip ! Hip ! Hip ! Hourra !» acclame la foule.

Et ils s'amusent à se balancer, Éléphant d'un côté,
Souris, Girafe, Zèbre, Lion, Ours, Crocodile, Mangouste,
Singe, Autruche et le petit coléoptère de l'autre,
sous les applaudissements rythmés de la foule.

Traduit de l'américain par Élisabeth Duval

© 1997, l'école des loisirs, Paris, pour l'édition dans la collection «lutin poche»
© 1995, Kaléidoscope, Paris, pour la traduction française
© 1993, Ann Tompert, pour le texte
© 1993, Lynn Munsinger, pour les illustrations
Titre de l'édition originale : «Just a little bit» (Houghton Mifflin Company)
Loi numéro 49 956 du 16 juillet 1949 sur les publications
destinées à la jeunesse : janvier 1997

Dépôt légal : décembre 2006
Imprimé en France par Jean-Lamour à Maxéville